AGAPIT,

TRAGÉDIE EN TROIS ACTES,

PRÉCÉDÉE D'UNE NOTICE

SUR LE HÉROS DE LA PIÈCE

ET LE LIEU DE LA SCÈNE

Par le Père Charles Porée, d'après Quérard.

A TREGUIER,

CHEZ LES FRÈRES DE L'INSTRUCTION CHRÉTIENNE.

M. DCCC. XXXI.

SAINT-BRIEUC, DE L'IMPRIMERIE DE PRUD'HOMME.

NOTICE

SUR LE HÉROS DE LA PIÈCE ET LE LIEU DE LA SCÈNE.

~~~~~~~~~~

Saint Agapit ou Agapet était fort jeune quand il fut arrêté par les païens, à cause de son attachement à la religion chrétienne; il n'avait qu'environ quinze ans. Dans un âge aussi tendre, il confessa courageusement Jésus-Christ. On lui fit souffrir de cruelles tortures qu'il supporta avec une patience admirable. Enfin il eut la tête tranchée. Il souffrit le martyre vers l'an 273, sous l'empereur Aurélien, à Préneste, ancienne ville du Latium et jadis capitale des Eques. C'est aujourd'hui Palestrine, ville épiscopale dans les états de l'Eglise, bâtie sur le penchant d'une colline à 8 lieues de Rome. Les chrétiens enterrèrent son corps à mille pas de Préneste, où son nom et ses reliques sont encore célèbres aujourd'hui. Chélidoine, évêque de Besançon, ayant fait un voyage à Rome vers l'an 445, en apporta la tête du saint martyr et la déposa dans l'église de Saint-Etienne. Elle est maintenant dans celle de Saint-Jean où l'Archevêque Hugues I.er la transféra vers le milieu du onzième siècle.

ACTEURS.

ANTIOCHUS, Gouverneur de Préneste.

LISANDRE , Seigneur romain.

AGAPIT , fils de Lisandre.

METELLE, prêtre d'Hébé, déesse de la jeunesse.

GARDES.

AGAPIT.
TRAGÉDIE.

~~~~~~

ACTE PREMIER.

———◦———

SCÈNE PREMIÈRE.

ANTIOCHUS, LISANDRE.

LISANDRE.

Seigneur, bientôt César dans ces lieux va paraître :
Tout Preneste à l'envi court accueillir son maître.
Dans ce temple bâti par nos premiers aïeux,
L'empereur vient offrir son encens à nos dieux.
C'est pour rendre à son fils la fortune propice,
Qu'à grands frais l'on prépare un pompeux sacrifice.
Depuis long-temps aux dieux j'offre aussi mon encens;
Mais hélas ! ils sont sourds à mes faibles accents.
Vous êtes plus puissant que ces dieux qu'on adore :
Daignez me secourir; c'est vous seul que j'implore.

ANTIOCHUS.

Comptez sur moi, Lisandre ; il m'est trop glorieux
De défendre un ami qu'abandonnent les dieux.
En tout temps je suis prêt à vous prouver mon zèle ;
Même en dépit du sort, je vous serai fidèle.
Parlez.

LISANDRE.

Pour Agapit, seul espoir de mes jours,
Je viens de vos bontés implorer le secours.

3

L'empereur veut choisir des enfants de naissance,
Pour être avec son fils élevés dès l'enfance.
Que je serais heureux si, par votre crédit,
Ce choix pouvait tomber sur le jeune Agapit !
Tout parle en sa faveur pour remplir cette place,
Et vous pouvez du prince en obtenir la grâce.

ANTIOCHUS.

Un père est pour son fils facile à prévenir :
A la moindre lueur il se laisse éblouir.
Son aveugle tendresse est bientôt satisfaite.
On voit dans ses enfants tout ce qu'on leur souhaite.
D'Agapit, il est vrai, l'on connaît les talents :
Dans son cœur la sagesse a prévenu les ans.
Je connais sa vertu, son noble caractère,
Digne de ses aïeux et digne de son père.

LISANDRE.

Oubliez les aïeux : le plus illustre sang
Doit moins que la vertu déterminer le rang.
Une aimable pudeur, un esprit droit, flexible,
Un cœur inébranlable et cependant sensible,
L'innocence des mœurs et la crainte des dieux,
Voilà ce qui le rend plus aimable à mes yeux.
Des chrétiens insensés, quoique la secte impie
Ait sur notre jeunesse étendu sa folie,
Il ignore leur culte ; et dans lui je ne voi
Que respect pour les dieux, pour son prince et pour moi.

ANTIOCHUS.

J'estime votre fils, puisqu'il fuit une secte
Que nos lois ont proscrite et qui nous est suspecte :
Reposez-vous sur moi du soin de sa grandeur ;
Je vais, pour l'élever, épuiser ma faveur.
Puisse un heureux succès répondre à mon attente.

LISANDRE.

O dieux ! il est encore une amitié constante ;
Je ne me plaindrai plus de ces coups redoublés,
Dont mes fils, mes amis se sont vus accablés.
Je pardonne aux destins long-temps inexorables,
Si pour ce seul objet ils me sont favorables,
Au reste leur fureur ne doit plus m'alarmer :
Un ami tel que vous peut seul les désarmer.
Je ne puis désormais redouter leur caprice ;
Vous m'êtes un rempart contre leur injustice :
Je brave leur pouvoir, j'insulte à leur courroux.

ANTIOCHUS.

Pourquoi leur insulter ? les destins sont pour vous ;
Si vous avez senti quelque revers funeste,
Ils sont justifiés par le fils qui vous reste.
Dans la suite Agapit laissera des neveux
Dont les nobles exploits rendront son nom fameux,
Et qui, de sa maison rétablissant la gloire,
Feront de vos aïeux revivre la mémoire.
Mais pourquoi ce cher fils avec vous n'est-il pas ?

LISANDRE.

Un devoir plus sacré conduit ailleurs ses pas :
Au temple il accompagne une aimable jeunesse,
Qui fait un sacrifice à sa chère déesse,
Et qui doit célébrer des jeux en son honneur ;
Je n'ai pu m'opposer à sa juste ferveur.

ANTIOCHUS.

Sa piété me plaît, comme votre indulgence.

SCÈNE II.

ANTIOCHUS, MÉTELLE, LISANDRE.

MÉTELLE.

Quel horrible forfait ! hâtons-en la vengeance.

4

AGAPIT,

Quel supplice assez grand ! Où suis-je ? Justes dieux,
Contre vous l'on soutient le coupable en ces lieux,

ANTIOCHUS.

Mételle est-il encore avide de supplice ?

MÉTELLE.

Ah ! Seigneur, c'est Hébé qui demande justice ;
Mais je le vois, en vain je réclame un vengeur :
Lisandre a déjà su modérer votre ardeur ;
Et pour laver l'affront qu'a reçu la déesse,
Je vais chercher ailleurs une main vengeresse.

ANTIOCHUS.

Depuis quand suis-je donc facile à pardonner
Un crime que le ciel me force à condamner ?
Me voit-on à l'impie accorder un asile ?

LISANDRE.

Croyez-vous que je veuille à l'impie être utile ?
Je sais dans mes malheurs respecter la vertu,
Et rendre aux immortels l'honneur qui leur est dû.
J'abandonne et je hais quiconque les offense.

MÉTELLE.

Prouvez donc votre zèle en prenant leur défense.

ANTIOCHUS.

Quel crime a-t-on commis ? Quel est l'audacieux ?..
Parlez.

MÉTELLE.

    Dois-je annoncer ce forfait odieux,
Digne d'être couvert d'un éternel silence ?
Puis-je en nommer l'auteur ? Oh dieux ! quelle inso- [lence !
Oh ! je n'y puis penser sans frémir à l'instant :
Je crains de faire un crime en vous le racontant.

ANTIOCHUS.

Que de détours !

LISANDRE.

Parlez enfin.

MÉTELLE.

un téméraire
Que j'ai vu s'avancer jusques au sanctuaire,
Sur leurs sacrés autels ose attaquer nos dieux ;
Il était escorté de plusieurs furieux :
Ces traîtres, pour combler leur sacrilége outrage,
D'Hébé foulent aux pieds la respectable image ;
Sur ces tristes débris ils brûlent son encens,
En tenant contre nous des discours insolents.

LISANDRE.

Qu'entends-je ? Juste ciel ! quel est donc cet impie ?
Vous l'avez vu, Mételle ; et l'infâme est en vie !
Qu'il meure : quelque égard que l'on doive à son rang,
Il faut que ce forfait soit lavé dans son sang.

ANTIOCHUS.

Le connaît-on ?

MÉTELLE.

Il n'est que trop reconnaissable,
Je célerais son nom.

LISANDRE.

Qui le cèle est coupable.

MÉTELLE.

Triste nécessité ! Le dois-je ?

ANTIOCHUS.

Je le veux.

LISANDRE.

Au nom des immortels je l'exige pour eux.

MÉTELLE.

C'est Agapit.

LISANDRE.

Mon fils !

ANTIOCHIUS.

Agapit !

MÉTELLE.

Oui lui-même :

C'est le plus criminel.

LISANDRE.

Ma surprise est extrême ;

Agapit ! quoi ! mon fils brave les immortels !
D'une main sacrilége il brise leurs autels !
En vain vous voudriez le perdre en son absence,
Je connais trop mon fils ; sûr de son innocence,
Il m'est aisé d'ailleurs de le justifier,
Je sais que dans le temple il doit sacrifier.
Il est de la déesse adorateur fidèle,
Et se distingue aux jeux qu'on célèbre pour elle.

MÉTELLE.

Le crime est trop public, tout Préneste en fait foi.
Bientôt....

SCÈNE III.

ANTIOCHIUS, MÉTELLE, LISANDRE, AGAPIT.

AGAPIT.

Il ne faut point d'autre témoin que moi.
Je suis ce criminel, si c'est être coupable,
De refuser aux dieux un culte abominable.

MÉTELLE.

Père trop malheureux ! il parle, il est présent ;
Jugez sur son rapport s'il peut être innocent.

LISANDRE.

Où suis-je ? Je ne sais que répondre à moi-même.
Qu'ai-je entendu ? grands dieux ! quel horrible blasphè-
[me !

Suis-je Lisandre ? Hélas ! je me sens interdit :
Quoi ! mon fils, ô mon sang ! est-ce vous, Agapit ?

MÉTELLE.

L'impie aux immortels a déclaré la guerre :
Il ose les maudire et braver leur tonnerre.

AGAPIT.

Qu'ai-je à craindre des dieux ou de marbre ou de bois,
Qui doivent au plaisir ce qu'ils sont par son choix,
Des dieux souvent tirés du limon de la terre ?
En vain vous les armez d'un fragile tonnerre !
Insensés, qui craignez l'ouvrage de vos mains,
Et placez une idole au-dessus des humains.
Fonderai-je sur eux une folle espérance ?
Et pourrai-je les croire auteurs de ma naissance ?
Non, non : n'espérez plus qu'Agapit désormais
Veuille adorer des dieux qui ne furent jamais,
Et que je serve Hébé dont j'ai vu la statue
Par de faibles efforts à mes pieds abattue.

LISANDRE.

Les chrétiens l'ont perdu : de leur infâme erreur,
Ils ont empoisonné son esprit et son cœur.

MÉTELLE.

O vous, Père des dieux ! vous qui lancez la foudre !
Que ne réduisez-vous ce sacrilège en poudre !
Son crime fait rougir et la terre et les cieux.
Frappez....

AGAPIT.

      Parlez plus haut, il vous entendra mieux.
Je me trompe, il est sourd ; vos cris sont inutiles.

MÉTELLE.

Le pouvons-nous entendre, et demeurer tranquilles ?
Jugez, seigneur.

ANTIOCHUS.

Allez : les dieux seront contents ;
Ils recevront bientôt son sang ou son encens.

SCÈNE IV.
ANTIOCHUS, LISANDRE, AGAPIT, GARDES.

ANTIOCHUS.

Choisis, jeune insensé. Gardes, qu'on me l'enchaîne.

AGAPIT.

Mon Dieu, c'est votre amour qui m'offre cette chaîne ;
Et j'en connais le prix.

LISANDRE.

Quels fers pour un enfant !
Gardes, y pensez-vous ? attendez un instant.

AGAPIT.

Non ; je puis les porter ; je les demande en grâce.
(Ici on l'enchaîne.)
O fers ! ô doux liens que j'aime et que j'embrasse !
Vous êtes un fardeau léger pour un chrétien :
Il met sa gloire en vous ; vous êtes son soutien ;
Pour moi-même déjà vous n'avez que des charmes.
Douces chaînes, sur vous laissez couler mes larmes,
Jusqu'à ce que mon sang vous arrose.

LISANDRE.

Arrêtez.
Qu'en secret je lui parle....

ANTIOCHUS.

Oui, j'y consens, restez :
Promettez, menacez ; faites qu'il sacrifie,
Et qu'il vienne adorer Hébé qu'il a trahie.
Dans ce flatteur espoir, je vais de l'empereur
Obtenir, si je puis, l'oubli de sa fureur.

Mais s'il se hait lui-même, infortuné Lisandre,
De ma triste amitié que pouvez-vous attendre?
Un moment; c'est assez pour le déterminer,
Et c'est peut-être plus que je n'en puis donner;
S'il n'apprend au plus tôt à réparer son crime,
Malgré moi, malgré vous, il en est la victime.

SCÈNE V.

LISANDRE, AGAPIT.

LISANDRE.

O mon fils! est-ce ainsi que je dois t'appeler,
Après les attentats qu'on vient de révéler?
A ces dieux de tout temps honorés de nos pères,
Oses-tu refuser tes vœux et tes prières?
Toi que j'ai vu long-temps, chéri des immortels,
Répandre ton encens aux pieds de leurs autels.

AGAPIT.

Il est vrai, trop long-temps cette main idolâtre
A présenté ces dons à du marbre, à du plâtre:
Je sentais néanmoins qu'à des dieux impuissants
Agapit prodiguait un criminel encens.
A présent, ô mon Dieu, principe de tout être,
Dieu sauveur! je commence enfin à vous connaître.
Par vos sacrés liens attachés désormais,
Je vivrai pour vous seul, sans vous quitter jamais.

LISANDRE.

Quoi! sur nos dieux un juif aura la préférence!
Mon fils, oses-tu mettre en lui ton espérance?
Ignores-tu comment il a fini son sort,
Et qu'entre deux voleurs sur la croix il est mort.
Quoi donc! ignores-tu?....

AGAPIT.

                      N'irritez point, mon père,

De ce Dieu tout-puissant la vengeance sévère.
Il ne ressemble pas à vos dieux de métal,
Dont vous ne recevez aucun bien, aucun mal :
Le Dieu seul que j'adore à nos maux est sensible,
Extrême en ses bontés, dans son courroux terrible;
Immense majesté, qui voit tout, entend tout ;
Pénètre l'univers de l'un à l'autre bout ;
Devant lui nos grandeurs n'ont que l'éclat du verre ;
Aussi grand dans le ciel qu'il fut humble sur terre.
Si d'un mot il tira le monde du néant,
D'un seul mot il pourrait l'y réduire à l'instant.
Je l'ai connu trop tard; il m'aime avec tendresse,
Je l'aime pour toujours.

LISANDRE.

                              Quelle indigne faiblesse,
De livrer son esprit à ses folles ardeurs !
Y penses-tu, mon fils? du faîte des grandeurs
C'est te précipiter dans un affreux abîme.
Tu sais jusqu'à quel point le gouverneur m'estime :
Par ses soins j'étais près de te voir dès ce jour
Accompagner le prince et briller dans sa cour;
Mais loin de mériter cet heureux avantage,
Tu vas dans ta fureur détruire mon ouvrage :
Tu renverses d'Hébé la statue et l'autel,
Et nous couvres tous deux d'un opprobre éternel.

AGAPIT.

Je renonce aisément à ces honneurs stériles ;
Ce sont pour un chrétien des grandeurs inutiles.
Rien de bas, rien d'humain ne peut flatter mon cœur;
Jésus seul est ma gloire, il sera mon bonheur;
Hélas ! si vous voyiez l'éclat de cette gloire,
Ou si vous connaissiez quelle riche victoire
Couronne nos travaux !

LISANDRE.

Et toi, si tu savais
Quelle est contre un chrétien la rigueur de nos lois :
Si tu savais, mon fils, quel horrible supplice !...

AGAPIT.

Ah ! je sais jusqu'où va quelquefois l'injustice :
Mais que peut tout l'enfer armé contre un chrétien ?
Sachant que son Dieu l'aime, il n'appréhende rien.

LISANDRE.

Tu mourras.

AGAPIT.

Je mourrai : c'est mon unique envie.
Heureux si, pour mon Dieu, je puis perdre la vie.
Pour l'intérêt d'un prince ou le bien des états,
On expose ses jours au hasard des combats ;
Qu'obtient-on, après tout ? Une gloire mortelle :
La gloire d'un chrétien est la seule éternelle.
Puisse un fer précieux m'immoler dès ce jour,
Et me rendre à mon Dieu dans l'immortel séjour !

LISANDRE.

Tu ne mourras point seul ; César à sa colère,
Après la mort du fils, immolera le père ;
Ou si je puis du prince apaiser la fureur,
Je ne pourrai long-temps survivre à ma douleur.

AGAPIT.

Secourez-moi, grand Dieu ! c'est là l'unique crainte
Qui porte dans mon cœur une sensible atteinte.

LISANDRE.

Tu crains ! Est-ce en voyant le péril que je cours ?
O trop coupable enfant ! trembles-tu pour mes jours ?
Je ne le vois que trop : tu veux que je périsse ;
Tu prétends qu'avec toi l'on m'entraîne au supplice.

AGAPIT.

Ciel !

LISANDRE.

L'amour dans ton cœur se fait-il donc sentir ?
S'il pouvait t'arracher un heureux repentir,
Tu calmerais bientôt mes funestes alarmes !
Puis-je en croire mes yeux ? Je vois couler tes larmes.

AGAPIT.

Il est vrai, votre amour me fait verser des pleurs,
Mais c'est peu d'en répandre, il faut du sang ; je meurs.
Ah ! malgré les tourments auxquels je dois m'attendre,
Que je mourrais content, si je pouvais prétendre
Que mon sang répandu vous dessillât les yeux,
Et vous fît renoncer à vos infâmes dieux !

LISANDRE.

Traître ! peu satisfait que je perde la vie,
Tu veux, en la perdant, que je devienne impie.

AGAPIT.

Mon unique dessein est de vous rendre heureux.
Adorez Jésus-Christ, et vous comblez mes vœux.

LISANDRE.

Que j'adore ton Dieu ! fuis loin d'ici, perfide,
Et tremble que ce fer n'immole un parricide.

AGAPIT.

Où fuirai-je ?

LISANDRE.

Va ; fuis et ton père et la mort.
N'attends pas qu'un bourreau vienne finir ton sort.

AGAPIT.

Dois-je fuir ? Ma retraite à la mort vous expose ;
Je frémis quand je pense à la loi qu'on m'impose.
Connaissez mieux un fils qui vous aime.

LISANDRE.

Ah ! mon fils,
Tu m'aimes ! Sont-ce là les traits que tu choisis ?
A ton père, à tes dieux, tu viens de te soustraire.

AGAPIT.

Je vous aime, exigez tout ce que je puis faire.

LISANDRE.

Viens adorer nos dieux, César te le prescrit.

AGAPIT.

Non ; j'abhorre leur culte, et mon Dieu le proscrit.

LISANDRE.

Retire-toi du moins, afin qu'en ton absence
J'aille d'Antiochus implorer la clémence.

AGAPIT.

Eloignez-vous plutôt et laissez-moi mourir ;
Par vos gémissements cessez de m'attendrir.

LISANDRE.

Ingrat, avec plaisir tu vois couler mes larmes.
Il semble que la mort n'ait pour toi qu ... charmes ;
Tu comptes les moments qui prolongent mes jours ;
Va, fuis, si tu ne veux en terminer le cours.

AGAPIT.

Vous l'ordonnez, je sors ; et pour vous, ô mon père !
Je vais au Dieu suprême adresser ma prière.
Que le ciel, après moi, daigne vous conserver !
Je triomphe en mourant, si je puis vous sauver.

SCÈNE. VI.

LISANDRE.

J'ai su toucher mon fils, laissons-le disparaître.
Sa tendresse pour moi s'est fait assez connaître.
Pour lui-même intrépide, il ne craint que pour moi.

Par cette crainte il faut que j'attaque sa foi.
J'ai trouvé de son cœur le seul endroit sensible;
A toute autre douleur il est inaccessible :
Je saurai le résoudre à rendre hommage aux dieux,
S'il me croit menacé d'un trépas odieux.
Il faut qu'Antiochus approuve cette feinte,
Et seconde mes soins en augmentant sa crainte.
Pour vous, grand Jupiter, qui comptez mes soupirs,
D'un infortuné père exaucez les désirs;
Mon amour pour mon fils rend mon sort déplorable,
Sur moi daignez jeter un regard favorable.

ACTE II.

SCÈNE PREMIÈRE.

ANTIOCHUS, LISANDRE.

ANTIOCHUS.

Je ne puis qu'approuver l'innocent stratagème,
Qu'un Dieu dans le secret vous a dicté lui-même :
Mais l'amour paternel, sujet à se flatter,
Est peut-être le dieu qui vous l'a su dicter.
Quoi qu'il en soit, sur moi comptez en assurance;
Mais n'élevez point trop une foible espérance.
L'on ne recule plus dès que l'on est chrétien,
L'on devient insensible et l'on ne craint plus rien.
Un père a beau gémir; ses soupirs et ses larmes,
Pour détromper un fils, sont d'impuissantes armes.
Un je ne sais quel Dieu jusqu'alors inconnu,
Ce Dieu qu'on nomme Christ et qu'on n'a jamais vu,
A depuis quelque temps perverti tout Préneste :
Tout le monde l'adore; et ce culte funeste
Serait bientôt le seul qu'on verrait dans ces lieux,

Si César n'avait pris le parti de nos dieux ;
Mais ce qui me surprend, c'est qu'un chrétien révère
Un Dieu qui lui prescrit une loi si sévère :
Il l'adore, il l'invoque au milieu des tourments,
Et prononce son nom jusqu'aux derniers moments.

LISANDRE.

Agapit est chrétien, mais ne l'est pas encore
Au point de s'immoler pour le Dieu qu'il adore ;
Dès ce jour, à son Christ je le fais renoncer ;
De concert avec vous, j'espère le forcer
A rendre hommage aux dieux.

ANTIOCHUS.

Comme vous je l'espère ;
Mais si dans son erreur votre fils persévère,
S'il refuse à nos dieux l'encens qui leur est dû,
N'en doutez-pas, Lisandre, Agapit est perdu.

LISANDRE.

Ah ! plaise aux immortels d'écarter cet orage !
Cessez de m'accabler d'un si triste présage :
Je ne prévois que trop le coup dont je frémis ;
Epargnez-moi, Seigneur...

ANTIOCHUS

Oui, je vous l'ai promis,
Je le promets encor ; comptez sur moi, Lisandre.
Qu'on appelle Agapit ici ; je vais l'attendre.

LISANDRE.

Je sors ; souvenez-vous d'un père malheureux,
En conservant mon fils, vous nous sauvez tous deux.

SCÈNE II.
ANTIOCHUS.

O que la voix du sang est forte dans un père !
Dès le moindre danger, il craint plus qu'il n'espère.

Quel spectacle ! Lisandre est touché jusqu'aux pleurs ?
Rien n'a pu jusqu'ici suspendre ses frayeurs ;
Mais que faire ? Je dois obéir à mon prince :
Si je perds Agapit, je sauve une province.
De ce fils criminel je déplore le sort,
Autant que je le puis, je diffère sa mort ;
Mais, hélas ! si César ordonne qu'il périsse,
Si Mételle en fureur vient hâter son supplice,
C'en est fait d'Agapit : dès lors je ne puis rien ;
C'est un crime aujourd'hui de sauver un chrétien.
Si j'osais détourner cette horrible tempête,
Je la verrais bientôt retomber sur ma tête.
Pour sauver Agapit, cherchons à le gagner ;
Mais ne nous perdons pas en voulant l'épargner.
Qu'ai-je à craindre après tout ? Ni César, ni Mételle
Ne me soupçonneront de leur être infidèle.
Pour contenter Lisandre, effrayons Agapit ;
S'il change il est sauvé, s'il persiste il périt.
L'un ou l'autre parti ne peut m'être contraire :
Pour Lisandre, je fais ce qu'un ami peut faire,
Sans m'exposer pourtant à perdre ma faveur ;
Mais je vois Agapit ; quelle aimable pudeur !

SCÈNE III.

ANTIOCHUS, AGAPIT.

ANTIOCHUS sur son tribunal.

O trop coupable enfant ! approche, et viens apprendre
Quel opprobre sur toi les fureurs vont répandre.
Jusqu'ici de ton père et l'honneur et l'appui,
Tu veux te dégrader et te perdre avec lui ;
Penses-tu, par ta mort honteuse à ta mémoire,
De toute ta maison anéantir la gloire ?
Quel horrible forfait aux yeux des immortels !

De la déesse Hébé tu détruis les autels,
Et, contre tout le ciel, tu vomis le blasphème;
Ton Christ est le seul Dieu....

AGAPIT.

Que j'adore et que j'aime.

ANTIOCHUS.

En adorant ce Christ, tu te crois innocent !

AGAPIT.

Si l'on est criminel en le reconnaissant,
Seigneur, je suis coupable et fais gloire de l'être ;
Mon cœur ne veut aimer, ni servir d'autre maître.
Ce crime prétendu qu'on veut nous imposer,
Est le seul dont l'envie ait pu nous accuser:
Cependant on nous hait malgré notre innocence ;
On nous fait éprouver outrage et violence :
Tout paraît criminel sous le nom de chrétien ;
Si l'on ôte le nom, le crime qu'est-il ? Rien.

ANTIOCHUS.

Dès là que l'on soutient cette secte coupable,
On se trouve souillé d'un crime véritable.
Est-ce à toi de juger si César a raison ?
Ne te suffit-il pas que je parle en son nom ?
A la déesse Hébé je veux qu'on sacrifie ;
J'ordonne qu'on l'adore ou qu'on perde la vie.

AGAPIT.

Je mourrai ; quelle joie ! Ah ! combien il est beau,
Pour vous seul, ô mon Dieu, de descendre au tombeau !
Je triomphe ; ah ! Seigneur, quelle heureuse nouvelle !

ANTIOCHUS.

Ne fais point éclater les transports de ton zèle,
Tu ne sais pas encore quel doit être ton sort,
Quel est le criminel qu'on destine à la mort.

AGAPIT.

Ah! c'est moi, c'est mon sang qui doit te satisfaire.
Quel autre que le mien?

ANTIOCHUS.

Ne crains que pour ton père.

AGAPIT.

Pour mon père! Eh! pourquoi?

ANTIOCHUS.

Devrois-tu t'étonner
Que César à la mort ait pu le condamner?
Dès qu'il a su ton crime, aux plus cruels supplices,
Qu'on le livre, a-t-il dit, ainsi que ses complices.
Mais, bientôt il a vu que de si tendres mains
Ne pouvaient se prêter à de si noirs desseins.
Il excuse ton âge, et sa juste vengeance,
En immolant ton père, épargne ton enfance;
Certain que son audace à mépriser les dieux,
T'a servi de modèle à t'élever contre eux.

AGAPIT.

Ah! Si j'avais suivi ces funestes exemples,
J'adorerais ces dieux qui profanent vos temples.
Pourquoi le condamner? Je suis seul criminel:
Moi seul de la déesse ai renversé l'autel,
Sans qu'il en ait rien su, sans qu'il ait pu l'apprendre.
L'amour de mon Sauveur m'a tout fait entreprendre.
Instruisez-en César : dites-lui que c'est moi
Qui, par ce nouveau crime, ai violé sa loi;
Ne vous méprenez pas, en changeant de victime;
Non, mon père jamais n'eut de part à mon crime.
Encor s'il l'approuvait, on pourrait soupçonner
Qu'il me l'eût conseillé. Mais, quoi! le condamner
Pour le crime d'autrui que lui-même il déteste,

Quelle injustice ! O ciel ! si dans ce jour au reste,
Il adorait mon Dieu, je bénirais sa fin,
Et porterais envie à son heureux destin.
Mais qu'on le sacrifie à des dieux qu'il adore,
Qu'il meure en blasphémant le seul Dieu que j'implore,
Quel surcroît de douleurs !.. J'embrasse vos genoux...
Un chrétien à vos pieds !.. quel triomphe pour vous !..
Je me livre aux tourments ; mais épargnez mon père...

ANTIOCHUS.

Vos larmes tout-à-coup désarment ma colère.

AGAPIT.

Pour fléchir l'empereur, à vous seul je recours ;
Ah ! d'un père innocent allez sauver les jours.

ANTIOCHUS.

Abjure auparavant un malheureux caprice :
On lui pardonnera si, dans un sacrifice,
Tu veux rendre à nos dieux un légitime honneur.

AGAPIT.

Je vous l'ai déjà dit : n'espérez plus, Seigneur,
Que jamais je leur offre un sacrilége hommage ;
Jésus-Christ le défend : à lui seul je m'engage ;
Je lui serai fidèle.

ANTIOCHUS.

　　　　　　Eh bien ! c'en est donc fait ;
Ne songeons dans son sang qu'à laver ton forfait.

AGAPIT.

Punissez le coupable, épargnez l'innocence ;
Que je périsse seul !

ANTIOCHUS.

　　　　　　J'ai porté la sentence,
Lisandre seul mourra.

SCÈNE IV.

ANTIOCHUS, LISANDRE, AGAPIT.

AGAPIT.

Quel déplorable sort !
Est-il vrai que César vous condamne à la mort ?

LISANDRE.

C'est peu d'être insensible à mon humble prière ;
Viens encore insulter un infortuné père ;
Oui je meurs ; dès long-temps tu formes ce dessein ;
C'est ta main qui me plonge un poignard dans le sein.
De mon amour pour toi voilà la récompense ,
Le prix de tant de soins pour former ton enfance.
O fatale tendresse ! ô vœux trop indiscrets !
N'ai-je donc tant vécu que pour voir ces forfaits ?
J'espérais que mon fils, soulageant mes misères,
Me ferait oublier la perte de ses frères ;
Que fidèle héritier de mes biens, de mon nom,
Il éterniserait l'honneur de ma maison ;
Que ce serait un fils digne de ma tendresse,
Qu'il deviendrait un jour l'appui de ma vieillesse.
J'espérais, quand j'irais rejoindre mes aïeux,
Que sa timide main me fermerait les yeux ;
Que son cœur attendri, dans cette heure dernière,
Serait de mes soupirs le seul dépositaire.
O trop frivole espoir ! je meurs ; et c'est mon fils
Qui me perd !... De tes soins, amour, voilà le prix !
Parricide, c'est toi, dis-moi ce qui t'arrête,
Attends-tu qu'un bourreau vienne trancher ma tête ?
Prends cette épée ; approche, viens me percer le cœur,
Frappe, me voilà prêt , quitte une feinte horreur ;
Au devant de tes coups tu vois que je m'avance,
Tu parais interdit... Tu gardes le silence !

perfide,

Perfide, s'il te reste encor quelque pudeur,
Regarde qui tu perds et quelle est ta fureur;
Parle, ingrat; réponds-moi...

AGAPIT.

Que puis-je vous répondre?
Un seul de vos regards suffit pour me confondre.
Hélas! de vos malheurs mon cœur déjà troublé,
Doit-il de ce reproche être encore accablé?
Malheureux! je voudrais perdre un père qui m'aime,
Que j'aime, après mon Dieu, beaucoup plus que moi-mê-
Le pouvez-vous penser? J'attendais sans effroi   [me!
L'arrêt que l'empereur porterait contre moi:
Je croyais périr seul, et mon âme contente
Prévenait les moments de cette mort sanglante;
Mais depuis que j'ai su que César contre vous
Faisait injustement éclater son courroux,
Je suis tout consterné d'un ordre si barbare,
Sans cesse je frémis du coup qu'on vous prépare.
Pour conserver des jours qui sont si précieux,
Que ne m'est-il permis d'expirer à vos yeux!
Vous verriez que pour vous Agapit s'intéresse,
Et vous ne pourriez plus douter de sa tendresse.

LISANDRE.

Crois-tu m'en imposer par des discours flatteurs?
Je te connais; suspends ces soupirs imposteurs.
Oui, perfide, je meurs, et je meurs avec joie;
Pour sauver un ingrat, c'est là l'unique voie.
Trop heureux de mourir, si César satisfait,
Voyant couler mon sang, oubliait ton forfait.
Tel est le triste état où m'a réduit ton crime:
Tu triomphes, cruel, de m'en voir la victime.
Que le grand Jupiter, témoin de mon malheur,

2**

Daigne au moins t'attendrir et me rendre ton cœur !
Tu frémis.

AGAPIT.

Ah ! cessez d'implorer des idoles ;
Oubliez, maudissez ces déités frivoles.
Vos dieux ne peuvent rien : en ses puissantes mains
Le seul Dieu que je sers tient le cœur des humains ;
Il peut en les changeant réparer son ouvrage.
Hélas ! s'il dissipait le funeste nuage
Qui depuis si long-temps vous offusque les yeux,
On vous verrait bientôt renoncer à vos dieux,
Et quitter ces autels, ces dieux imaginaires,
Dont un aveugle peuple adore les chimères.
Ah ! si vous connaissiez mon Dieu, dès aujourd'hui
Vous ne pourriez plus vivre ou mourir que pour lui.

LISANDRE.

Hélas ! pour mon malheur, j'ai connu sa puissance :
Avant qu'on t'en donnât la triste connaissance,
On te voyait toujours, à mes ordres soumis,
Rendre hommage à nos dieux et m'honorer en fils ;
Mais depuis que ton Christ a pris soin de t'instruire,
Qu'à ses folles erreurs tu te laisses conduire,
Tu n'as que du mépris pour ton père et les dieux.

AGAPIT.

Mais vos divinités vous forment-elles mieux ?
Consultez Jupiter : n'a-t-il pas eu l'audace
De détrôner son père et de prendre sa place ?
Son exemple jamais n'eut d'empire sur moi ;
Instruit par la nature et fidèle à sa loi,
Je vous aimai toujours, et je vous aime encore :
Mon Dieu me le prescrit ; depuis que je l'adore,
Ma tendresse est plus vive.

ANTIOCHUS.

Ingrat, est-ce l'aimer
Que de vouloir sa mort et de la confirmer,
En refusant aux dieux un léger sacrifice,
Pour calmer leur courroux?

LISANDRE.

Il faut que je périsse;
Je le vois, j'y consens, j'ai déjà trop tardé;
Offrons aux dieux ce sang qu'ils vous ont demandé,
Jusqu'au bord du tombeau, seigneur, daignez me suivre.

AGAPIT.

Ah! mon père, vivez...

LISANDRE.

Non, je suis las de vivre;
Tes crimes m'ont rendu le jour trop odieux:
Venez, Antiochus; que j'expire à vos yeux.

AGAPIT.

Arrêtez-le, seigneur; écoutez ma prière;
Conservez votre ami, conservez-moi mon père.

ANTIOCHUS.

Je le veux; mais comment puis-je le conserver,
Si tu ne veux toi-même avec moi le sauver?
Cesse d'être chrétien.

AGAPIT.

Vous voyez mes alarmes,
Grand Dieu, secourez-moi.

LISANDRE.

Laissez couler ses larmes
Et venez me conduire.

ANTIOCHUS.

A regret je vous suis;
Mais je crois en cela contenter votre fils.

2

AGAPIT.

Que dites-vous, seigneur? Ah! que viens-je d'entendr.
Vous déchirez mon cœur.

LISANDRE.

                    Il vous fait trop attendre;
Marchons.

AGAPIT.

      A ce départ je saurais m'opposer.
      (Il s'étend sur le seuil de la porte.)
Voyez par quel chemin il vous faudra passer :
Il faut auparavant écraser cette tête ;
Marchez, frappez, foulez ; que rien ne vous arrête

SCÈNE V.

LISANDRE, AGAPIT, ANTIOCHUS, MÉTELLE.

MÉTELLE.

L'autel est préparé; tout le peuple en fureur,
D'une juste vengeance accuse la lenteur ;
Déjà même il murmure ; et pour peu qu'il s'anime,
Il viendra malgré vous arracher la victime.

LISANDRE.

Ne tardons plus; venez : je suis prêt....

AGAPIT.

                    Non c'est me
Qu'on condamne à la mort ; je l'attends sans effroi
Commandez ou souffrez que je vole au martyre ;
Il est l'unique gloire à laquelle j'aspire.

LISANDRE.

Non, mon fils, c'est pour toi que mon sang doit conle;
Pour te sauver, ton père est prêt à s'immoler.

AGAPIT.

Je déteste vos dieux : si c'est un si grand crime,

Pourquoi voudriez-vous en être la victime?

MÉZELLE.

Qui vous l'a dit? Lisandre est peut-être perdu ;
Mais votre sang d'abord doit être répandu :
Parlez, qui vous retient? Courez à votre perte :
Ce n'est qu'aux pieds d'Hébé que la grâce est offerte.

AGAPIT.

J'entrevois le mystère..... Antiochus, pourquoi,
Par de vaines frayeurs, ébranlez-vous ma foi?
         (Se tournant vers Lisandre.)
Mon père, vous vivrez ; seul je cours au supplice,
Et je vais en triomphe offrir mon sacrifice.

ANTIOCHUS.

Pour ton père, il est vrai, j'ai voulu te troubler,
Et voir si pour ses jours ton cœur pouvait trembler ;
Mais à tous mes efforts il est inaccessible ;
A peine pour Lisandre a-t-il paru sensible,
Mais je n'emploierai plus un si faible secours.
Avant que le soleil ait terminé son cours,
De là déesse Hébé viens rétablir l'idole,
Viens réparer ton crime.

AGAPIT.

                    Espérance frivole.

ANTIOCHUS.

César l'ordonne.

AGAPIT.

         En vain, je ne puis obéir.

ANTIOCHUS.

Tu mourras.

AGAPIT.

         Quel honneur !

AGAPIT.

LISANDRE.

Ah ! je dois seul mourir.

MÉTELLE.

Le coupable triomphe, et vous souffrez qu'il vive.

ANTIOCHUS.

Lisandre, quittez-nous.

LISANDRE.

J'y consens ; qu'il me suive.

ANTIOCHUS.

Agapit doit rester : laissez-le.

LISANDRE.

Je ne puis.

ANTIOCHUS.

Pour un moment, sortez.

LISANDRE.

Que je quitte mon fils !...
Seigneur, je l'aime trop, partout je le veux suivre ;
C'est mon unique fils, sans lui je ne puis vivre.
Souffrez donc que je reste. Approche, embrasse-moi :
Oui, mon fils, je veux vivre ou mourir avec toi.

ANTIOCHUS.

Je l'ordonne, sortez. Gardes, qu'on le retire,
Qu'en la chambre voisine un instant il respire.

LISANDRE.

Vous m'aimez ; sont-ce là les traits de l'amitié ?
Pour un fidèle ami vous êtes sans pitié.
C'est à vous seuls, grands dieux, que Lisandre s'adresse :
D'un père malheureux terminez la vieillesse ;
Avant que César livre Agapit au bourreau,
Ah ! précipitez-moi dans la nuit du tombeau.

SCÈNE IV.
ANTIOCHUS, MÉTELLE, AGAPIT.

ANTIOCHUS.

Il est temps de parer le coup qui vous menace ;
Et vous pouvez encore obtenir votre grâce.
Hâtez-vous, Agapit, et sans plus discourir,
Ou renoncez au Christ, ou vous allez périr.

AGAPIT.

Tout mon sang pour mon Dieu brûle de se répandre.
Mais ! mais d'y renoncer ! cessez de le prétendre.

ANTIOCHUS.

Tu mourras dès ce jour.

AGAPIT.

          On ne peut me punir
Qu'en m'ordonnant de vivre, et non pas de mourir :
Pour qui cherche la mort la vie est importune.

ANTIOCHUS.

Je te ferai souffrir mille morts au lieu d'une.

AGAPIT.

Et par mille tourments qui feront mon bonheur,
Vous n'arracherez pas un signe de douleur.
Chacun d'eux me doit être un sujet de victoire ;
Plus ils seront cruels, et plus j'aurai de gloire.
Avant que Jésus-Christ soit banni de mon cœur,
Vous aurez des bourreaux épuisé la fureur.
Tourmentez, déchirez ; quelque effort que l'on fasse,
Partout de son amour on trouvera la trace.
Sur mon cœur palpitant arrêtez les regards,
Vous y verrez son nom gravé de toutes parts.
De mon sang répandu le sacré caractère

4

Tracera le seul nom du Dieu que je révère.

MÉTELLE.

Vous voyez son orgueil ; on ne peut le plier
Qu'à force de tourments, qu'il nous faut employer.
Croyez-moi.

ANTIOCHUS.

J'y consens, puisqu'il m'est impossible
De réduire autrement ce courage inflexible.
Vous, Mételle, ayez soin que tout soit préparé :
Aux chevalets, aux feux je veux qu'il soit livré.

(Se tournant vers Agapit.)

Reste ici : tu n'as plus que peu de temps à vivre.

AGAPIT.

J'ai vécu trop long-temps ; je brûle de vous suivre.

SCÈNE VII.

AGAPIT.

Enfin voici le jour, le jour tant désiré,
Où du règne éternel je dois être assuré.
O mort ! heureuse mort ! tu fais mon espérance.
Coulez, mon sang, coulez, sortez en assurance ;
Il vous importe peu d'où le coup doit partir ;
C'est pour Jésus-Christ seul que vous allez sortir.
Coulez, faites-lui voir tout le fond de mon âme ;
Et qu'il juge à quel point son saint amour m'enflamme.
Et vous dont les travaux sont déjà couronnés,
Saints martyrs, dont les fronts de palme sont ornés,
Secondez un enfant qui suit la même route,
Et dirigez mes pas vers la céleste voûte.
Grand Dieu, maître absolu des peuples et des rois,
Dont on m'a fait connaître et l'empire et les lois,
Dieu sauveur, donnez-moi la force nécessaire

Pour remplir d'un chrétien le sacré caractère ;
Ne m'abandonnez pas dans ces heureux moments :
Pour vous seul, ô mon Dieu ! j'affronte les tourments.
Jusqu'au dernier soupir faites que je vous aime.
Mais quel nouveau prodige au-dedans de moi-même !
Quelle clarté soudaine a frappé mes regards !
Déjà je vois les cieux ouverts de toutes parts.
Jésus-Christ me découvre une gloire ineffable :
Je le vois qui me tend une main secourable ;
Il veut me couronner.

(Un genou en terre.)

Attendez, Dieu sauveur :

Je n'ai point mérité cet insigne bonheur.
Sans combats puis-je entrer dans le sein de la gloire ?
Je n'ai point sur l'enfer remporté de victoire.
Je vais, pour mériter un si glorieux sort,
Me livrer aux tourments et courir à la mort.

ACTE III.

SCÈNE PREMIÈRE.

ANTIOCHUS, MÉTELLE.

ANTIOCHUS.

Mételle, qui l'eût cru ? vous l'avez vu vous-même ;
Rien n'ébranle Agapit ; la douceur quoiqu'extrême,
Bien loin de le forcer au moindre repentir,
N'a pu de la nature arracher un soupir.
Quelle intrépidité ! quelle ardeur ! quel courage !

MÉTELLE.

Dites, quel désespoir et quelle affreuse rage !
Quoi ! cela vous surprend !

5

ANTIOCHUS.

Ce qui me surprend plus,
C'est d'avoir vu ses fers, subitement rompus,
S'échapper de ses mains au temps de sa prière;
De l'avoir vu briller d'une vive lumière,
Dont les bourreaux frappés ont reculé d'horreur;
Leurs bras sont demeurés suspendus, sans vigueur,
Jusqu'à ce que ses vœux, par un nouveau miracle,
Des supplices qu'il aime ont fait cesser l'obstacle :
Rien ne vous surprend-il en cet événement?

MÉTELLE.

J'y connais du prestige et de l'enchantement :
Ce sont là des effets que l'enfer peut produire.

ANTIOCHUS.

Mais peut-on l'invoquer ainsi pour se détruire?
Se hait-on à ce point?

MÉTELLE,

Oui; dès qu'on est chrétien,
Et pour ne l'être pas, vous en parlez trop bien.

ANTIOCHUS.

Je ne sais qui vous porte à me faire un outrage,
Vous pourriez me tenir un tout autre langage.
Je révère les dieux que vous-même encensez,
Mais j'ai souvent regret du sang que vous versez.
Vous ne considérez ni le sexe ni l'âge :
Dès qu'un chrétien parait, la mort est son partage.
Que produisent partout vos barbares efforts?
Mille germes féconds naissent du sang des morts.
On n'en voit pas un seul retourner en arrière;
Leur secte est chaque jour plus nombreuse et plus fière.
C'est un fait éclatant; les tourments, les douleurs
Font au Dieu des chrétiens autant d'adorateurs.

Mais s'ils quittent nos dieux et tous leurs sacrifices,
S'ils bravent leur vengeance et l'aspect des supplices,
Ce n'est point par fureur qu'on les voit blasphémer;
Ils subissent la mort, quand ils pourraient s'armer.
Pour un nouveau projet soyons d'intelligence;
Voyons, pour quelque temps suspendons la vengeance:
Contre tous nos efforts les chrétiens aguerris
Peut-être deviendront sensibles au mépris.
Puisqu'en versant leur sang on ne peut les détruire,
Voyons si le repos est plus propre à leur nuire:
Tel qui dans le combat ne peut être abattu,
Dans le sein du repos perd souvent sa vertu.

MÉTELLE.

Les maux trop négligés prennent souvent racine.
Si, pour suivre Agapit, une troupe mutine
Déserte nos autels et renonce à nos dieux;
Si, malgré nos édits, cette secte à nos yeux
Triomphe dans Préneste et devient plus nombreuse;
Si quelques châtiments la rendent plus fougueuse,
J'impute son audace à vos ménagements:
On ne peut la dompter qu'à force de tourments.
Toute clémence ici nous serait inutile;
Le Christ va triompher; si l'on est si facile.
Pour détruire son culte, il faut dès aujourd'hui
Qu'on immole Agapit et son père avec lui;
De tout ce sang impur il faut tarir la source;
Pour arrêter le mal, c'est l'unique ressource.

ANTIOCHUS.

Non, Lisandre vivra; quel crime a-t-il commis?
Est-il juste qu'il meure à cause de son fils?
Agapit est le seul que je juge coupable,
Mais après tout encore est-il inexcusable?....

6

C'est un jeune imprudent qui ne se connaît pas;
Je ne sais quel transport a seul armé son bras.

MÉTELLE.

Pouvez-vous l'excuser ? J'ai peine à vous comprendre.

ANTIOCHUS.

Je plains un criminel dans un âge si tendre;
Mais je plains encor plus un père infortuné,
A d'éternels chagrins près d'être abandonné.

MÉTELLE.

Mais l'intérêt des dieux, leur majesté blessée,
La statue à mes pieds de l'autel renversée,
L'insulte qu'il a faite à mon prince, à mon rang....

ANTIOCHUS.

Croyez-vous que les dieux soient avides de sang?

MÉTELLE.

Les dieux épargnent-ils quiconque les offense?

ANTIOCHUS.

Je les crois indulgents.

MÉTELLE.

Ils aiment la vengeance.

ANTIOCHUS.

Mais Lisandre m'est cher : il n'a plus que ce fils.

MÉTELLE.

Et vous abandonnez les dieux pour vos amis !
Est-ce là, dites-moi, l'ordre que l'on vous donne?
Croyez-vous que César?....

ANTIOCHUS.

Je sais ce qu'il ordonne.

MÉTELLE.

Vous méprisez Hébé, vous trompez l'empereur ;

De l'un et l'autre crime il sera le vengeur.
Je cours.

ANTIOCHUS.

Où courez-vous? J'admire votre zèle.
Qui vous dit qu'à César je veuille être infidèle?
Je vous livre Agapit, mais je veux lui parler;
Par un dernier effort j'espère l'ébranler.
S'il résiste....

MÉTELLE.

Une main qui si long-temps diffère,
Craint beaucoup de frapper.

ANTIOCHUS.

Je sais ce qu'il faut faire.
Gardes, que dans ces lieux on amène Agapit :
S'il se rend, il vivra; s'il résiste, il périt.

MÉTELLE.

Comptez bien ne trouver qu'un cœur inaccessible....

ANTIOCHUS.

Je le condamne à mort, s'il demeure inflexible.
Vous-même efforcez-vous de le rendre à nos dieux;
Pour vous je ne vois rien qui soit plus glorieux.

MÉTELLE.

Pour les dieux et pour moi, rien n'est plus agréable,
Que de leur immoler un enfant si coupable.
Voyez-le, parlez-lui.

SCÈNE II.
ANTIOCHUS.

Que la religion,
Dans l'âme des mortels a fait d'impression !
Quel autel encenser? l'un à l'autre est contraire;
On ne saura bientôt à quel dieu l'on doit plaire.
Pour défendre la secte où chacun s'est rangé,

Voilà qu'en deux partis l'empire est partagé.
L'un déteste nos dieux, l'autre s'opiniâtre
A conserver les siens dont il est idolâtre.
Il faut en adorer, tous accordent ce point;
Mais, quels sont les vrais dieux? Ils ne s'accordent point.
A quoi donc se fixer dans cette incertitude?
Ciel! plus je réfléchis, plus j'ai d'inquiétude:
En secret je consens que chacun ait les siens;
Mais ceux de l'empereur seront toujours les miens.

SCÈNE III.

ANTIOCHUS, GARDES.

ANTIOCHUS.

Que vient-on m'annoncer?

UN GARDE.

Lisandre qui m'envoie
Demande à voir son fils.

ANTIOCHUS.

J'y consens: qu'il le voie.

SCÈNE IV.

ANTIOCHUS.

Je le plains; que son sort va me causer d'ennui!
Je dois perdre son fils ou me perdre pour lui.
Que faire? Si je livre Agapit au grand prêtre,
Lisandre furieux me prendra pour un traître;
Mais aussi de son fils si je soutiens l'erreur,
Mételle peut me perdre auprès de l'empereur.
Dois-je après tout périr pour sauver un coupable?
Pourquoi se montre-t-il toujours inébranlable?
Mais si j'y consentais que pourrait-on gagner?
Croit-on que je le sauve en voulant l'épargner?
J'aurais part à son sort, et César de son crime.

Me rendrait dès ce jour la première victime ;
Mais j'aperçois Lisandre.

SCÈNE V.

ANTIOCHUS, LISANDRE.

ANTIOCHUS.

Hélas ! que je vous plains !
Nous n'avons pu fléchir les sévères destins.....
Rien ne dompte Agapit ; il court au précipice :
Malgré nous, il s'obstine à voler au supplice.

LISANDRE.

Vous plaignez un enfant qui suit aveuglément
Un Dieu qu'il ne connaît que depuis un moment :
Plaignez le sort d'un père encor plus déplorable,
Puisqu'il ne trouve en vous qu'un juge inexorable.
Quelle amitié, seigneur !

ANTIOCHUS.

J'ai tout tenté pour vous.
Je me suis de César attiré le courroux.
De nos dieux outragés j'ai remis la vengeance ;
J'ai même du grand prêtre essuyé l'insolence ;
Est-ce être inexorable ? est-ce rompre les nœuds
Qui depuis si long-temps nous unissent tous deux ?

LISANDRE.

Il est vrai, mais, seigneur, je dois encor m'attendre
A de plus grands efforts ; et j'ai droit d'y prétendre :
Et si vous ne mettez le comble à ce bienfait,
Je dois compter pour rien ce que vous avez fait.
Un seul de vos refus.....

ANTIOCHUS.

Que puis-je davantage ?
En de plus grands périls faut-il que je m'engage ?
Dois-je encor ?...

LISANDRE.

Non, seigneur; mais qu'il me soit permis,
Pour apaiser les dieux, de mourir pour mon fils,
Voilà ce que j'attends.

ANTIOCHUS.

Ce n'est qu'un artifice,
Auquel j'ai consenti pour vous rendre service.
J'ai fait tout ce qu'alors vous avez désiré,

LISANDRE.

Il est vrai, la douleur me l'avait inspiré;
Mais à présent l'amour de concert avec elle
Me presse pour mon fils de faire agir mon zèle,
Et de mourir pour lui.

ANTIOCHUS.

Mais puis-je y consentir?
Lisandre, y pensez-vous? Vous cherchez à périr
Pour un fils criminel!

LISANDRE.

Je le demande en grâce;
Mais avant permettez, seigneur, que je l'embrasse.

ANTIOCHUS.

J'y consens, le voici.

SCÈNE VI.

ANTIOCHUS, LISANDRE, AGAPIT.
(On apporte Agapit dans un fauteuil).

LISANDRE.

Que vois-je! justes dieux!
Quel barbare spectacle est offert à mes yeux!
Agapit, est-ce toi? Qui ne peut s'y méprendre!
En ce funeste état pouvez-vous me le rendre,
Cruel Antiochus?

AGAPIT.

Pourquoi vous alarmer ?

LISANDRE.

Mon fils, puis-je te voir et cesser de t'aimer ?
Agapit, ô douleur !...

AGAPIT.

Ah ! cessez, par vos larmes,
De troubler un destin pour moi si plein de charmes.
Grand Dieu ! que les tourments sont doux pour un chré-
J'avais peine à le croire; eh! le crois-je encor bien, [tien!
Que l'on puisse être heureux au milieu des supplices !...
(Se tournant vers Antiochus.)
Que vos fers et vos feux m'ont causé de délices !

LISANDRE.

Ah ! je ressens ces feux que mon fils a soufferts.

AGAPIT.

Il faudrait les sentir pour le Dieu que je sers !
(Se tournant vers Antiochus.)
Ne différez donc plus à remplir mon attente,
Accordez-moi la mort, et mon âme est contente;
Qu'ainsi l'empire entier, en méprisant ces fers,
Ne reconnaisse plus qu'un Dieu dans l'univers !
Qu'ainsi de tout démon l'adorateur frivole
Marche sur les débris de sa dernière idole !
Puissé-je entre mes mains, avant que de périr,
La tenir, la briser, la détruire et mourir !

ANTIOCHUS.

Quel fruit te promets-tu de ta coupable audace ?
Crois-tu perdre les dieux que ta fureur menace ?
Calme les vains transports dont ton cœur est saisi,
Suis un vertueux père et te sauve avec lui.
Profite des beaux jours qui sont dus à ton âge,

Et qui te sont offerts pour un meilleur usage.
Consacre-les aux dieux dont tu les as reçus :
A les perdre du moins, ah ! ne t'obstine plus ;
Offre aux dieux cet encens, suis l'avis du grand prêtre

AGAPIT.

J'adore Jésus-Christ.

ANTIOCHUS.

Sois ce que tu veux être ;
Mais fais ce qu'on te dit : juges-tu qu'il soit beau
De mourir pour ton Christ de la main d'un bourreau ?

AGAPIT.

J'adore Jésus-Christ.

LISANDRE.

Religion, tendresse,
Ne calmerez-vous point la douleur qui me presse ?
N'est-il plus que mon cœur où vous trouviez accès ?
Nature, es-tu muette ? Amour, es-tu sans traits ?...
Par le devoir de fils, par le doux nom de père,
Mon fils, je t'en conjure, exauce ma prière.
Si jamais tu m'aimas, et si tu sens pour moi
La vive affection que j'éprouve pour toi,
Sois touché de mes maux, et tremble pour toi-même ;
Abandonne ton Dieu pour un père qui t'aime.

AGAPIT.

J'adore Jésus-Christ.

ANTIOCHUS.

On a beau le presser ;
Croyez-vous qu'à son Christ il veuille renoncer ?
Il l'aime ; à son amour condescendons encore.
Je veux bien consentir qu'en secret il l'adore ;
Mais du moins en public qu'il respecte nos dieux.

AGAPIT,

J'adore Jésus-Christ.

ANTIOCHUS.

     Qu'on l'ôte de mes yeux ;
Je ne puis lui parler, ni le voir davantage :
Vas, malheureux, péris et contente ta rage.
Gardes, qu'on le retire.

AGAPIT.

      Attendez un moment :
Laissez-moi satisfaire à mon empressement.
Que je puisse embrasser mon père au moins ! Mon père,
Pourquoi détournez-vous un visage sévère ?
Daignez me regarder, ne me rebutez pas,
A ce fils si chéri daignez ouvrir les bras ;
Pour la dernière fois, souffrez qu'il vous embrasse.

LISANDRE.

De quel front oses-tu demander cette grâce ?

ANTIOCHUS.

Gardes, qu'on obéisse.

    (Les Gardes l'emportent.)

AGAPIT.

    Adieu, mon père, adieu.

SCÈNE VII.

ANTIOCHUS, LISANDRE.

LISANDRE.

Puis-je le voir sortir, et rester en ce lieu ?

ANTIOCHUS.

Je l'ordonne : restez.

LISANDRE.

    Que faut-il que j'augure ?
O dieux ! je sens encor tout mon sang qui murmure ;
Je ne sais quel effroi vient de saisir mon cœur :

AGAPIT.

Ah ! seigneur, d'où provient cette secrète horreur ?
Sur le sort d'Agapit puis-je et dois-je être en peine ?
D'où vient que de ce lieu, par votre ordre, on l'entraîne ?
Dites-moi....

ANTIOCHUS.

Vous voyez à quoi, par ce refus,
Votre fils me contraint.

LISANDRE.

Ne le verrai-je plus ?

ANTIOCHUS.

J'ai voulu, je voudrais encor vous le remettre,
Si l'intérêt des dieux pouvait me le permettre.

LISANDRE.

Etes-vous si sensible à l'intérêt des dieux ?

ANTIOCHUS.

Mais César et les lois qui règnent dans ces lieux
Veulent qu'on les respecte et qu'on leur rende homma-
Qu'on punisse de mort quiconque les outrage.   [ge,
Le crime d'Agapit ne peut se pardonner ;
A son malheureux sort il faut l'abandonner.

LISANDRE.

Ah ! seigneur, à l'abri du malheur qui m'accable,
Votre cœur aisément se montre inébranlable.
Si vous étiez saisi de pareilles douleurs,
Vous vous sentiriez père et fondriez en pleurs.

ANTIOCHUS.

Je vous donne un conseil que j'aurais peine à suivre :
Un père à ses enfants n'aime point à survivre.
Je comprends qu'il en coûte, et dans ces longs moments,
On éprouve en son cœur d'étranges mouvements.
Mais un fils pour lequel les crimes ont des charmes,

Devrait-il à son père arracher tant larmes?
Dès qu'il flétrit son nom par une lâcheté,
Il ne mérite plus d'en être regretté.

LISANDRE.

Hélas! si les destins pour moi toujours sévères,
Ne m'avaient point déjà ravi deux de ses frères,
Si je n'avais point vu, par un cruel trépas,
Deux enfants que j'aimais, arrachés de mes bras,
La perte d'Agapit me serait plus légère;
Ils pourraient consoler un infortuné père;
Mais il me reste seul; lui seul de ma maison
Est l'espoir et l'appui..... Je sens que ma raison
Cède à mon désespoir:... Ah! s'il faut qu'il périsse,
Ordonnez qu'avant lui l'on me mène au supplice!
O sort trop déplorable! ô mon fils! ô douleurs!

ANTIOCHUS.

Ciel! d'un illustre ami faites cesser les pleurs;
Rendez-lui ce cher fils, son unique espérance.

LISANDRE.

Dites-moi, sur son sort puis-je être en assurance?
Dans quel lieu les soldats l'auront-ils entraîné?

ANTIOCHUS.

Pour tâcher de plier ce courage obstiné,
De ma part à Mételle on a dû le remettre.

LISANDRE.

Au grand prêtre! ah! seigneur, vous l'avez pu permet-
C'est à ce furieux que vous l'avez livré!   [tre?
De mon sang le cruel n'est que trop altéré.
Si contre l'innocent il arme sa furie,
O mon fils! c'en est fait; il y va de ta vie!
Je le vois: de ses mains pourrais-je l'arracher?

Que sais-je? vers le monstre est-il temps de marcher?
En vain vous m'arrêtez, je ne puis plus attendre;
Contre ce furieux, je prétends le défendre,
Ou du moins me jeter au devant de ses coups.

ANTIOCHUS,

Demeurez : le voici ; lui-même il vient à vous.

LISANDRE.

O dieux ! il revient seul ! ô mortelles alarmes !
Qu'un mot va me coûter de soupirs et de larmes !

SCÈNE VIII.

ANTIOCHUS, MÉTELLE, LISANDRE.

LISANDRE.

Qu'est devenu mon fils? qu'a-t-on fait d'Agapit?
L'avez-vous ébranlé? que fait-il? qu'a-t-il dit?
Abjure-t-il son Christ?

MÉTELLE.

Oui, dans son cœur impie
Le Christ ne règne plus.

LISANDRE.

Est-il encore en vie?

MÉTELLE.

Il est mort.

LISANDRE.

Il est mort ! de cette trahison,
Perfide, c'est à toi de me rendre raison.
Il est mort ! et tu vis ministre sanguinaire !
Et vous Antiochus, vous abusez un père !
Il est mort ! mais je veux lui servir de vengeur.
Éclatez, mes transports ; secondez ma fureur :
Bourreau, rends-moi mon fils.

ANTIOCHUS.

>Gardes, prenez ses armes.

(A Mételle).

Retirez-vous.

MÉTELLE.

>Ce fils mérite-t-il vos larmes?
Les dieux vous l'ont ravi , prenez-vous-en aux dieux.

ANTIOCHUS.

Ah ! cessez d'irriter un père furieux,
Sortez, éloignez-vous, Mételle ; votre vue
Est un nouveau surcroît au tourment qui me tue.

LISANDRE.

Tu n'échapperas pas : on me désarme en vain.
Souviens-toi : tôt ou tard tu mourras de ma main.
J'arracherai ton cœur. Il faut que le perfide
Lave de tout son sang ce cruel homicide.

SCÈNE IX.

ANTIOCHUS, LISANDRE.

LISANDRE.

Il n'est plus ce cher fils, l'objet de mon amour;
Et je puis voir encor la lumière du jour !
Il n'est plus ! mais pour vous dieux faibles et fragiles,
A qui j'ai si long-temps fait des vœux inutiles,
Vous m'avez méprisé, vous nous avez trahis;
Eh bien' pour vous punir du meurtre de mon fils;
J'adorerai son Christ ; il aura mes hommages,
Et je profanerai vos indignes images.
Je vais sur vos autels immoler de mes mains
Aux mânes d'Agapit vos prêtres inhumains,

Vos sacrificateurs deviendront vos victimes,
Je vous rendrai par là des honneurs légitimes;
Dieux barbares !...

ANTIOCHUS.

Il sort. Gardes, suivez ses pas,
Qu'on l'observe de près, qu'on ne le quitte pas.
Je vais dire à César qu'une prompte vengeance
Dans le sang d'Agapit a lavé son offense.

FIN DU DERNIER ACTE.